ODE

SUR

LA CONVALESCENCE

DU ROI.

Par Monsieur l'Abbé C͙a͙h͙a͙i͙g͙n͙e͙

A PARIS,

Chez PRAULT fils , Quai de Conti, à la defcente du
Pont-Neuf , à la Charité.

M. DCC. XLIV.

ODE

SUR

LA CONVALESCENCE

DU ROI.

’EST un tranſport, c’eſt une yvreſſe
Qui fait éclater mes accens ;
Le feu, l’excès de l’allégreſſe
Eſt le délire que je ſens.
Mon ame, de douleur éteinte,
Sort des abîmes de la crainte.
Un nouveau jour a lui pour moi.
Quel Aſtre à mes yeux étincelle !
J’échape à la nuit éternelle,
Et je revis avec mon Roi.

A ij

ODE

QUE vois-je ! A la clarté féconde
Des rayons heureux qu'il répand,
De nouveaux Cieux, un nouveau Monde,
Sont-ils apellés du néant ?
Où s'eft plongé l'affreux nuage
Qui rouloit la peur & l'orage
Parmi les Peuples confternés ?
Où font ces horreurs, ces ténébres,
Ces pleurs amers, ces cris funébres,
Ces malheurs fur nous enchaînés ?

SUR le char brillant de la gloire,
LOUIS, armé par l'équité,
S'élançoit avec la victoire
Que preffe fon activité :
Devant fes pas, marchent la Guerre,
La valeur, l'effroi, le tonnerre :
Il étoit fuivi de la Paix :
Et, pouffant au loin les tempêtes,
Il feme près de lui les fêtes,
L'amour, l'efpoir, & les bienfaits.

D'un triple laurier couronnée *,
Préfage heureux ! gage certain !
La France , attentive , étonnée ,
Sur fon front lifoit fon deftin :
Le Héros bouillant & rapide ,
A fon ame d'honneurs avide
Promet le luftre des exploits :
Le Monarque humain & fenfible ;
A fon ame tendre & paifible
Promet les délices des loix.

Deja s'anéantit l'efpace ;
Par qui fes tranfports fufpendus
Differoient d'écrafer l'audace
De fes ennemis confondus :
D'un rivage à l'autre rivage
Sa foudre qui pourfuit leur rage ,
Va les brifer fous fes éclats :
Il paroît ; fon ardeur guerriere
Annonce , plus vive & plus fiere ,
L'inftant , & le fort des Combats.

* Prifes de Menin , d'Ypres , & de Furnes.

FRAPE, LOUIS, vers toi la Palme
Vole auſſi prompte que tes coups;
Frape... Mais, Dieu! Quel triſte calme
Enchaîne ton noble courroux!
Quel ſtupide & morne ſilence
Dans les glaces de l'indolence
Fixe tes Guerriers contriſtés!
Quels éclairs ont percé la nuë!
La pâleur, pour eux inconnuë,
A couvert leurs fronts redoutés.

LA crainte s'étend & redouble.
Qu'annoncent ces frémiſſemens?
L'horreur ſe répand, & le trouble
Eclate en longs gémiſſemens.
Pourquoi ces lugubres allarmes?
Dans l'amertume de ces larmes
Je preſſens des maux inoüis:
Quels cris! Quels ſpectacles horribles!
Des diſgraces les plus terribles.....
Dieu! ſauve les jours de LOUIS!

O fort! O coup épouvantable!
LOUIS.... O mon Pere! O mon Roi!
Dieu terrible! O Dieu redoutable!
Arrête! Ou ne frape que moi!
LOUIS!.... Il pâlit.... Sa lumiere
S'éclipfe.... au bord d'une carriere
Qui promettoit un fi beau cours!
La mort étend fes aîles fombres,
Et dans l'épaiffeur de fes ombres
Plonge fon aurore & nos jours.

Dieu puiffant! O Dieu que j'implore,
Soutiens fa mourante lueur!
Que ta balance pefe encore
Notre infortune & ta rigueur:
Si tu n'es plus le Dieu propice,
J'ofe interroger ta juftice
Jufques aux pieds de tes Autels:
Tu fais les Rois; & leur puiffance
Eft un rayon de ton effence,
Qui te peint aux yeux des Mortels.

ODE

GRAND DIEU! N'eſt-ce point un outrage?
J'ai cherché pourquoi j'obéis....
LOUIS décide mon hommage:
Mon cœur t'adore dans LOUIS:
Image du Dieu des Batailles,
Qu'il s'arme; il briſe les murailles,
Sa main lance tes propres traits:
Qu'il repoſe; au ſein de nos Villes
Il verſe les douceurs tranquilles,
Image du Dieu de la Paix.

VEUX-TU le ravir à la Terre,
Lorſqu'elle applaudit à ton choix?
Lorſque la clémence & la Guerre
L'attendent pour juger leurs droits?
Lorſque l'aurore la plus vive
L'expoſe à l'Europe attentive
Qu'il éblöüit de ſon éclat;
Et qu'aux vertus qu'il fait paroître,
Elle admire, & confond le Maître,
Le Citoyen, & le Soldat?

EH quoi ! Ces vertus adorées
Ne pourront défarmer ton bras !
Elles vont fe perdre, ignorées
Dans les ténébres du trépas !
Peuple ! A fa clarté qui s'efface,
Viens, revois encore une trace
De l'humanité de ton Roi ;
Son cœur eft percé de tes larmes,
Et fes plus cruelles allarmes
Sont ta douleur & ton effroi.

AH ! Quelle en eft la violence !
Peuple tendre ! Peuple chéri !
Des profondeurs de ton filence
S'échape ton lugubre cri ;
Le Temple faint gémit, s'agite,
L'offrande accable le Lévite,
Le portique eft noyé de pleurs,
L'encens, les larmes, la poufliére,
Portent aux pieds du Sanctuaire
Les vœux, la crainte, les douleurs.

DIEU! Qu'ai-je vû! Ton Tabernacle
S'eſt ébranlé par nos ſanglots:
O LOUIS! O Peuple! O miracle!
Dieu terrible, & Dieu du repos,
Tu veux : La Mort fuit dans l'abyſme:
Et mon Roi que ta voix ranime,
Perce ſes voiles odieux;
Aux yeux d'un Peuple qui l'adore
Il reparoît plus cher encore;
Son Peuple eſt plus cher à ſes yeux.

QU'IL vive! Eh! quel bonheur ſuprême!
Dieu puiſſant! daigne l'épargner:
Qu'il ſoit adoré! Qu'il nous aime!
Qu'il vive! Il ſait vaincre & régner.
Que tout l'Uuivers le contemple,
Qu'il connoiſſe par notre exemple
Tes Bienfaits & ta Majeſté:
Et Toi! dans nos fêtes publiques,
Dans nos tranſports, dans nos cantiques,
Jouis de ta propre bonté.

FIN.